Marjaleena Lembcke

Die schwarzäugige Susanne

Illustrationen von Annegert Fuchshuber

Verlag St. Gabriel

Nach den Regeln der neuen Rechtschreibung

Alle Rechte vorbehalten
© 1997 Verlag St. Gabriel, Mödling–Wien
Einband und Illustrationen von
Annegert Fuchshuber
ISBN 3-85264-548-4
Herstellung: Die Druckdenker, Wien
Druck und Bindung: M. Theiss Ges.m.b.H., A-9400 Wolfsberg
Printed in Austria

KROKODILSTRÄNEN

Im Haus nebenan wohnt ein Mädchen. Ich weiß nicht, wie sie heißt. Ich weiß nicht, wie ihre Mutter, und auch nicht, wie ihr Vater heißt. Das Mädchen hat große, dunkle Augen.
Ich nenne sie die schwarzäugige Susanne.
„Die Schwarzäugige Susanne ist eine Blume", sagt meine Mutter.
„Was für eine Blume?", frage ich.
„Eine rankende Blume", antwortet Mama.
„Das stimmt nicht ganz", sagt mein Vater. „Es ist eine rankende Pflanze. Die Blume selbst rankt ja nicht."
„Am besten, du gehst in den Garten", sagt meine Mutter zu mir. „In unserem Garten

wächst diese Pflanze. Den Namen hat sie aber von ihren Blüten bekommen."

Ich gehe in unseren Garten. Am Zaun entlang rankt eine Pflanze mit zarten, hellgrünen Blättern. Sie hat orangegelbe Blüten mit einem schwarzen Blütenkelch in der Mitte. Das Schwarze sieht aus wie ein tiefer Tunnel. Ich sehe lange in den Blütentunnel hinein.

„Sieht das Mädchen von nebenan der Blume ähnlich?", fragt meine Mutter.

„Sehr", antworte ich. Mama lächelt.

Ich gehe in mein Zimmer und male eine Blume. Ich male die schwarzäugige Susanne. Meine schwarzäugige Susanne hat kräftig orangefarbene Blütenblätter, damit man die Farbe auf dem weißen Papier gut erkennen kann.

Ich zeige das Bild Mama und Papa. „Das ist die schwarzäugige Susanne", sage ich.

„Sieht aber nicht wie ein Mädchen aus", sagt Papa.

„Dies ist ja auch eine schwarzäugige Susannenpflanze", antworte ich.

„Und sie hat keine Blätter?", fragt Papa.

„Sie blüht ja nur", sage ich. „Einige Pflanzen haben nur Blüten."

„Na, wenn es so ist", sagt mein Vater und zuckt mit den Schultern.

Ich halte mein Bild in der Hand und sehe es noch einmal an.

„Schön sehen die Blüten aber aus, oder?", sage ich.

„Eine Pflanze braucht Wurzeln, einen Stiel, Blätter und Blüten", sagt mein Vater. „Und außerdem noch Erde, in der sie wachsen kann."

„Auf dem Papier braucht sie das natürlich nicht", sagt jetzt meine Mutter.

„Aber auf dem Papier lebt sie auch nicht", sagt Papa und nimmt die Zeitung. „Ende der Diskussion, ich will jetzt meine Zeitung lesen!"

„Meine Blume lebt aber! Die frisst deine Zeitung auf! Die kann nämlich Papier fressen und Väter und alles!", rufe ich.

„Wenn du mich ärgern willst, brauchst du es nur zu sagen", sagt mein Vater.

Ich lache und sage: „Ja, ich will dich ärgern."

„Na warte!" Papa springt auf. Ich laufe schnell nach oben in mein Zimmer. Aber er nimmt zwei Stufen auf einmal. Ehe ich mich verstecken kann, packt er mich.

„Jetzt kitzle ich dich so lange, bis du nicht mehr lachen kannst!", sagt er.

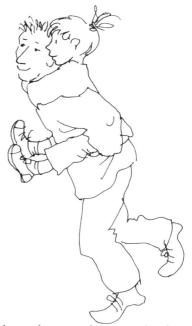

Als ich nicht mehr lachen kann, bitte ich ihn aufzuhören. Papa trägt mich huckepack nach unten. Beim Abendbrot kann ich wieder lachen. Ich lache, weil ich fröhlich bin.

Meine Eltern lächeln und meine Mutter sagt: „So viel Nachfreude wegen ein bisschen Kitzeln?"

„Kinder sind ein albernes Volk! Kein erwachsener Mensch begreift, worüber sie kichern", sagt mein Vater und zwinkert mir zu, als wüsste er es doch.

Und ich weiß, dass er es gerne mag, wenn ich ihn aus Spaß etwas ärgere. Dann kann er mich auch ärgern.

Meine Mutter kann ich nicht ärgern. Und sie kann auch nicht richtig kitzeln. Wenn sie mich kitzelt, fühlt es sich an, als würde sie mich nur streicheln. Auch die Stimme meiner Mutter hört sich manchmal so an, als würde sie nicht sprechen, sondern mich streicheln.

Abends fragt sie mich immer, ob ich selbst lesen will oder ob sie mir eine Geschichte erzählen soll. Meistens sage ich ihr, sie soll mir eine Geschichte erzählen.

„Was willst du denn heute Abend hören?", fragt sie mich, als ich im Bett liege.

„Erzähl mir was von Krokodilen", antworte ich, denn ich liebe Krokodilgeschichten.

Sie erzählt:

E s war einmal ein Krokodil, das unglücklich war, weil es keine Stimme hatte. Immer, wenn es das Maul aufriss, um etwas zu sagen, kam nicht ein einziges Wort heraus.

Darüber war es sehr traurig. Es hätte gerne geweint, aber es konnte auch nicht weinen. Aus seinen Augen kamen keine Tränen. Da zog sich das Krokodil in eine Höhle zurück und beschloss, sein Leben allein zu verbringen, wenn es ohnehin den anderen nichts sagen konnte.

Aber in der Höhle lebte bereits das alte Echo. Als das Krokodil tief seufzte, antwortete das alte Echo mit einem noch tieferen, gewaltigen Seufzen. Das klang so tief traurig, dass dem Krokodil eine riesige Träne aus dem Auge lief. Vor Schreck und Erstaunen darüber vergaß es, dass es nicht sprechen konnte, und rief: ‚Ich kann ja weinen!' Und das Echo rief zurück: ‚Ich kann ja weinen!' Und das Krokodil rief: ‚Ich kann ja sprechen!', und auch darauf antwortete das alte Echo, aber das hat das Krokodil nicht mehr gehört, denn es war schon aus der Höhle geeilt, um den anderen Krokodilen das Wunder zu zeigen. Es stellte sich ans Ufer und ließ eine Träne nach der anderen aus seinen Augen laufen und die anderen Krokodile trösteten es, und nach einer Weile hörte es auf Tränen zu vergießen und sagte: ‚Ich kann auch sprechen!'

Nun wollten auch all die anderen Krokodile sprechen und weinen lernen. Das kleine Krokodil zeigte ihnen den Weg zu der Höhle des alten Echos und so lernten auch die anderen Krokodile das Weinen und das Sprechen. Natürlich nur die Krokodile dieser Geschichte, die die Höhle des alten Echos besucht haben."

„Das Echo ist wohl ein Geist, der immer das zurückruft, was man ihm zugerufen hat. Weil ihm nichts anderes einfällt", sage ich zu meiner Mutter.

„Nach einer Sage ist das Echo ein weiblicher Berggeist. Eine Nymphe, die so geschwätzig war, dass sie dafür bestraft wurde. Sie durfte nicht mehr selbst reden, aber sie konnte auch nicht schweigen, wenn ein anderer redete. Eigentlich ist das Echo der Schall, der zurückhallt", erklärt meine Mutter.

„So wie ein Ball, der zurückspringt, wenn man ihn gegen die Wand wirft?", frage ich.

„Es hat etwas mit Wellen zu tun", antwortet meine Mutter. „So genau kann ich es nicht erklären."

„Vielleicht gibt es die Nymphe doch", überlege ich. „Die Leute haben ihr nur einen anderen Namen gegeben, damit es nicht so klingt, als ob es ein Märchen wäre."

„Vielleicht", meint meine Mutter. „Ich weiß es nicht."

„Du kannst ja nicht alles wissen", sage ich.

„Niemand weiß alles", sagt meine Mutter. „Und das ist auch gut so."

„Warum ist es gut, wenn man nicht alles weiß?", frage ich.

„Damit du jetzt die Augen zumachen und träumen kannst", sagt Mama. Sie gibt mir einen Kuss und ich schließe die Augen. Aber ich schlafe nicht sofort ein. Ich denke an das Krokodil und an sein Echo, und ich denke an die schwarzäugige Susanne, die keine Blume ist.

DAS TRAURIGE KROKODIL

Am nächsten Morgen falte ich das Blatt mit dem Bild von der schwarzäugigen Susanne viermal zusammen. Es sieht jetzt aus wie ein Brief oder ein Zettel mit einer wichtigen Nachricht. Ich schreibe „Für Susanne" darauf.

Auf dem Weg zur Schule stecke ich den Zettel in den Briefkasten von unseren Nachbarn.

Als ich aus der Schule komme, ist noch kein Antwortbrief für mich angekommen. Aber für eine Antwort braucht man auch etwas Zeit.

Ich stelle Mama beim Mittagessen ein paar Fragen. Ich will sehen, wie lange sie für eine Antwort braucht. Frage Nummer eins:

„Warum ist Spinat grün?"

Mama antwortet sofort: „Weil die Pflanze grün ist."

Frage Nummer zwei: „Warum ist die Pflanze grün?"

Mama antwortet: „Weil die Pflanzen in der Luft grün werden."

„Aber die Menschen werden in der Luft doch auch nicht grün?"

„Nein, natürlich nicht."

„Warum nicht?"

„Iss deinen Spinat und stell nicht so viele Fragen!", sagt Mama.

Aber ich frage trotzdem weiter, weil ich gerne Fragen stelle.

Ich frage: „Wie lange dauert es, bis man auf eine Frage eine Antwort bekommt, wenn es gar keine richtige Frage ist?"

„Was soll das nun wieder bedeuten?", fragt Mama zurück.

„Ich habe der schwarzäugigen Susanne von nebenan das Blumenbild geschenkt. Und das heißt ja, dass ich sie mag. Es ist eigentlich keine richtige Frage. Aber ich möchte trotzdem wissen, ob sie mich auch mag."

„Sie kennt dich doch gar nicht", sagt meine Mutter.

„Ich kenne sie ja auch nicht, aber ich mag sie trotzdem, weil sie so schöne Augen hat. Außerdem ist sie unsere Nachbarin."

Ich gehe in den Flur. Vor dem Briefkasten liegt kein Brief. Auch kein Zettel.

Mama geht in den Garten. Sie gräbt mit einem

kleinen Spaten Löcher in die Erde. Dann gießt sie Wasser in die Löcher und setzt in jedes Loch eine kleine grüne Pflanze. „Das sind Sommerastern", erklärt sie mir. Ich pflanze auch eine Sommeraster und häufe viel Erde um die winzige Pflanze, damit sie nicht umfällt.

Im Garten nebenan arbeitet niemand. Aber die Susanne kommt in ihren Garten. Sie bleibt auf dem Rasen stehen. Ich gucke die Blüte der Schwarzäugigen Susanne an. Ich gucke ganz tief in das Schwarze in der Mitte. Dann sehe ich in die Augen des Mädchens von nebenan. Sie sagt nichts. Und sie lächelt nicht mit den Augen und auch nicht mit dem Mund.

„Vielleicht weiß sie gar nicht, dass das Bild von mir ist", sage ich nachmittags beim Kaffeetrinken.

„Wer weiß was nicht?", fragt mein Vater.

Heute ist er mürrisch von der Arbeit gekommen. Manchmal ist er fröhlich, manchmal mürrisch. Meine Mutter ist selten mürrisch. Sie hat es gut, meint mein Vater. Sie muss nicht im Berufsleben stehen.

Und meine Mutter sagt dann immer etwas spitz: nur in der Küche und im Garten und in der Schlange vor der Kasse des Supermarktes.

Ich erzähle Papa, dass ich Susanne das Blumenbild geschenkt habe.

„Hast du auch deinen Namen dazugeschrieben?", fragt Papa.

Ich schüttle den Kopf.

„Woher soll sie dann wissen, dass das Bild von dir ist?", sagt Papa.

„Aber meinen Namen kennt sie ja auch nicht", sage ich.

„Na also", sagt Papa. „Alles für die Katz!"

Er steht auf und macht einen Rundgang im Garten. Hier und da zupft er Unkraut. Er brummelt vor sich hin. Dann mäht er den Rasen. Allen Gänseblümchen, die in dem Rasen blühen, schneidet er die Köpfe ab.

Ich sammle die kleinen weißen Blumenköpfe und sehe meinen Vater vorwurfsvoll an.

„Die wachsen ja wieder", sagt Papa.

„Köpfe können doch nicht nachwachsen", sage ich.

„Blumenköpfe schon", behauptet mein Vater.

Als ich für die Nacht fertig bin, frage ich Mama: „Kannst du mir noch eine Krokodilgeschichte erzählen?"

„Ich glaube schon", sagt sie und überlegt eine Weile. Dann erzählt sie:

Es war einmal ein kleines Krokodil, das gerne ein Pflanzenfresser werden wollte. Krokodile sind ja eigentlich Fleischfresser. Aber das kleine Krokodil wollte nicht länger andere Tiere fressen.

‚Ich kann den Tieren nicht in die Augen schauen, während ich sie fresse. Pflanzen haben keine Augen. Ich fresse nur noch Grünzeug', sagte das kleine Krokodil zu seinem dicken Krokodilvater.

‚Wohl bekomm's!', sagte das Vaterkrokodil und gähnte, dass die Kiefer knackten.

‚Ich will kein Fleisch mehr fressen', sagte das kleine Krokodil zum Mutterkrokodil.

‚Aber Kind, wovon willst du denn satt werden?', fragte das Mutterkrokodil besorgt.

Das kleine Krokodil stieg aus dem Fluss. Es fraß Binsengras, es kaute an der Affenbaumrinde, es mampfte heruntergefallene Bananen und als Nachtisch lutschte es zehn Orchideenblüten. Aber sein Hunger ließ nicht nach. Sein Magen rumorte und knurrte, als hätte er seit Tagen nichts zu fressen gekriegt.

Das kleine Krokodil kroch wieder ins Wasser und legte sich auf den Rücken. Sein Bauch sah auf der Wasseroberfläche wie eine winzige Insel

aus. Ein Paradiesvogel stellte sich auf seinen Bauch und zwitscherte fröhlich. Als das kleine Krokodil sich bewegte, erschrak der Vogel und flog schreiend davon.

Das kleine Krokodil drehte sich um. Es hatte einen riesigen Hunger. Direkt vor ihm schwamm ein leckerer Fisch. Und ehe das Krokodil nachdenken konnte, was es tat, hatte es sein Maul geöffnet und den Fisch hinuntergeschluckt. Sofort hörte sein Magen auf zu knurren und zu brummen. Aber dem kleinen

Krokodil lief eine große Krokodilsträne aus dem Auge.

Es wäre doch so gerne ein Pflanzenfresser geworden."

„Die schwarzäugige Susanne würde ich nie aufessen", sage ich. „Auch die Blumensusanne nicht."

„Das brauchst du auch nicht", sagt Mama. „Du kannst ja Spinat essen und anderes Gemüse."

„Aber Fleisch esse ich auch gerne."

„Kannst du ja auch", sagt meine Mutter und sie hat den Blick, den sie bekommt, wenn sie nicht länger Geschichten erzählen und auch nicht mehr reden will.

„Aber die Menschen sind auch keine Menschenfresser!", sage ich noch schnell.

Mama lächelt ihr Darüber-wollen-wir-jetzt-nicht-reden-Lächeln und sagt: „Gute Nacht!"

„Gute Nacht!", sage ich. Ich denke über das kleine Krokodil nach. Wird es eines Tages doch noch froh?

Und dann denke ich an die schwarzäugige Susanne. Was sie wohl am liebsten isst?

WIR LÄCHELN UNS AN

An einem sonnigen Tag steht die schwarzäugige Susanne auf ihrer Seite am Zaun. Der Zaun reicht ihr bis zu den Schultern. Ich lächle sie an. Sie lächelt mich an. Sie hat eine Zahnlücke oben links. Mir fehlt rechts ein Zahn. Ich habe ihn aufbewahrt. Ich hole den Zahn, lege ihn in eine gelbe Serviette und zeige ihn über den Zaun der schwarzäugigen Susanne von nebenan. Dann zeige ich auf sie und frage: „Du, wie heißt du?" Sie sagt etwas, was so klingt wie Zyzazei. Ich zucke mit den Schultern. Der Name ist mir zu schwierig.

„Tanja", sage ich und zeige auf mich. Sie nickt.

Ich nenne sie weiterhin schwarzäugige Susanne.

Die schwarzäugige Susannenpflanze rankt jetzt über den Zaun auf die andere Seite.

Mein Vater mag keine rankenden Pflanzen. „Immer muss man sie stützen und lenken", sagt er. „Und dann wachsen sie doch, wohin sie wollen."

„Aber was für wunderbare Blüten", sagt meine Mutter.

Ich spiele mit meiner Freundin Johanna auf dem Rasen vor unserem Haus Federball. Die schwarzäugige Susanne steht am Fenster und guckt uns an. Ich winke ihr zu und erkläre Johanna: „Das ist die Susanne. Wir sprechen nicht miteinander. Wir sprechen nicht dieselbe Sprache. Aber sie ist fast meine Freundin."

„Sie sieht hübsch aus", sagt Johanna.
„Und eine Türkin ist sie auch", sage ich.

„Jetzt blüht die Blume mehr auf der anderen Seite", sagt mein Vater zu meiner Mutter.
„Hauptsache, sie blüht", antwortet meine Mutter.
„Die schwarzäugige Susanne von nebenan hat einen schwierigen Namen", sage ich. „Etwas wie Zyzazei! Ich habe ihn nicht richtig verstanden. Ihr könntet ja fragen, wie die Leute von nebenan heißen. Erwachsene können schwierige Namen besser verstehen."

Meine Mutter nickt und mein Vater zuckt die Schultern. „Ich bin an Nachbarn nicht interessiert. Mir reichen meine eigenen Sorgen. Außerdem sprechen sie kein Deutsch, und andere Sprachen kann ich nicht!" Dann sagt er zu mir: „Komm, wir machen eine Fahrradtour. Ich brauche Wind um die Ohren."

Als wir genug Wind um die Ohren gekriegt haben, bekommen wir Hunger.

Wir gehen in eine Pizzeria und kaufen zwei Pizzas zum Mitnehmen. Eine Pizza Margherita, weil der Name so schön ist. Und eine Pizza Calzone für Mama und Papa. Die Pizza Calzone ist zusammengeklappt. Man kann nicht gleich sehen, was drin ist. „Ich liebe Überraschungen", sagt Papa.

Aber manchmal sagt er auch: „Überraschungen mag ich überhaupt nicht." So ist mein Vater. Er weiß nicht so genau, was er mag. Es kommt auf seine Stimmung an. Und seine Stimmungen sind von seinem Arbeitstag abhängig. Mein Vater verkauft Schuhe in einem großen Geschäft. Wenn er viele Schuhe verkauft hat, mag er Überraschungen, und wenn er wenig verkauft hat, mag er keine.

Ich esse nur die Hälfte von meiner Margherita. Die andere Hälfte isst Papa. Er isst auch die Hälfte von der Überraschungspizza.

„Wenn man arbeitet, muss man gut essen",
sagt er.

„Wenn man wächst, muss man auch gut essen", sage ich.

„Und auch wenn man nur putzt, spült, einkauft und kocht, muss man gut essen", sagt Mama.

„Hast du schlechte Laune?", fragt mein Vater sie.

„Hast du heute deinen mürrischen Tag?", frage ich sie.

„Lasst mich in Ruhe!", sagt sie.

Ich lasse sie in Ruhe. Ob Papa sie in Ruhe lässt, weiß ich nicht. Ich gehe in mein Zimmer und mache ein wenig Ordnung. Ich stelle die Puppen in einer Reihe auf die Fensterbank, die Stofftiere setze ich in eine Ecke und dabei höre ich eine Kassette mit Kinderliedern.

Dann male ich ein Bild von dem Mädchen nebenan und ich male auch mich auf das Blatt. Sie hat braune Augen und ich habe blaue Augen. Wir gucken beide geradeaus auf dem Blatt und lachen.

Ich zeige Mama das Bild. Papa sieht im Fernsehen etwas über Unruhen und ich darf ihn nicht stören.

„Sollen wir uns heute noch eine Geschichte über das kleine Krokodil ausdenken?", fragt Mama.

„Ausdenken musst du", antworte ich und kuschle mich in die Bettdecke. „Ich höre nur zu."

Also – das kleine Krokodil war sehr traurig darüber, dass es keine Freunde unter den anderen Tieren hatte. Alle die kleinen Tiere hatten Angst vor ihm, vor den größeren Tieren hatte es selbst Angst. Und die Krokodilmutter und der Krokodilvater waren nicht gerade die lustigste Gesellschaft. Sie dösten nur träge in der

Sonne oder ließen sich vom Fluss treiben. Oder sie jagten der Beute nach, und sobald sie satt waren, schlossen sie die Augen und schliefen. Sie brauchten ja keine Angst vor anderen Tieren zu haben. Weil sie so groß und mächtig waren. Das kleine Krokodil paddelte den Fluss auf und ab. Sobald die Fische es kommen sahen, versteckten sie sich. Und wenn die Wasserschlangen das Krokodil kommen sahen, versteckten sie sich auch.

Plötzlich sah das Krokodil einen zauberhaften kleinen Fisch über das Wasser fliegen. Also, der Fisch flog eigentlich nicht. Er sprang in die Luft und jagte nach Insekten. Der Fisch hatte Brustflossen, die aussahen wie Schmetterlingsflügel. Er schien sich über die Insektenjagd zu freuen und keine Angst vor dem Krokodil zu haben. Er sprang und tänzelte direkt vor seinem Maul. Das Krokodil öffnete das Maul, um das Tier anzulächeln. Und plötzlich war der Fisch verschwunden. Das Krokodil drehte sich nach links und nach rechts. Es sah nach hinten und schwamm ein Stück weiter. Aber es konnte den Schmetterlingsfisch nicht mehr entdecken. Plötzlich bekam es Nasenjucken und musste niesen. Und auf einmal war der Fisch wieder da. Er

sprang vor dem Krokodil hin und her und wedelte mit seinen Flossen, als wollte er es zum Mitspringen auffordern. Das Krokodil freute sich sehr. Dieser merkwürdige kleine Fisch hatte keine Angst vor ihm. Die beiden spielten lange zusammen. Erst als es spät wurde und sie müde waren, verabschiedeten sie sich. Aber nur bis zum nächsten Tag!"

„In Wirklichkeit können Krokodile nicht lächeln, oder?", frage ich Mama.
„Ich weiß es nicht", antwortet sie. „Aber kleine Mädchen können lächeln. Und sie können auch zusammen spielen ohne Angst voreinander zu haben."
„Aber nur, wenn es ganz ganz gute Freundinnen sind", sage ich. „Die sich lieb haben."

Im Kopf male ich mir aus, wie die schwarzäugige Susanne und ich gute Freundinnen werden. Wir radeln zusammen zur Badeanstalt und toben im Wasser herum und spritzen uns gegenseitig nass. Nachher essen wir ein Eis und ich darf von ihrem Eis etwas ablecken und sie darf mein Eis auch probieren.

DAS KROKODIL WANDERT AUS

Das Mädchen von nebenan kommt an den Zaun. Sie schenkt mir einen Sticker mit einem weißen Eisbären. Ich gehe in mein Zimmer und suche nach einem Sticker, den ich doppelt habe. Ich schenke dem Mädchen einen Pudel. Ich habe vier Pudelsticker.

„Danke!", sagt das Mädchen, als ich ihr den Sticker gebe. Es klingt ein wenig komisch. Als hätte sie „denke" gesagt. Aber es ist wohl auch nicht einfach eine andere Sprache zu sprechen.

Meine Mutter versucht Englisch zu lernen. Mein Vater sagt, dass er keine Lust hat neue Sprachen zu lernen. Er muss Schuhe verkaufen und dabei muss er schon den ganzen Tag die

Leute anquatschen. Wenn er zu Hause ist, will er seine Ruhe haben und Zeitung lesen.

Und manchmal braucht er etwas Wind um die Ohren. Dann machen wir eine Fahrradtour. Der Vater von dem Mädchen aus dem Nachbarhaus macht keine Fahrradtouren. Die schwarzäugige Susanne fährt auch nicht mit einem Rad. Und ihr großer Bruder auch nicht. Vielleicht haben sie keine Fahrräder. Oder sie können nicht Fahrrad fahren, weil sie es in der Türkei nicht gelernt haben.

Ich kann das Mädchen nicht danach fragen, weil sie mich nicht verstehen würde.

Sie reicht mir noch einen Sticker über den Zaun. Auf dem Sticker ist ein großer, bunter Schmetterling.

„Danke!", sage ich und laufe ins Haus. Ich schenke ihr einen Sticker, den ich nur einmal habe. Auf dem Sticker steht ein Strauß mit Eiern. Kein Blumenstrauß, sondern der Vogel Strauß.

Die schwarzäugige Susanne freut sich sehr. Man sieht es an ihren Augen. „Danke!", sagt sie und es klingt wieder wie „denke".

Ich möchte sie gern einmal besuchen. Sie hat einen kleinen Bruder und einen großen Bruder. Das Mädchen ist so alt wie ich, also nicht groß und nicht mehr ganz klein.

In meiner Schule sehe ich sie nie. Vielleicht besucht sie eine andere Schule.

In meiner Klasse ist ein Junge aus der Türkei. Aber er spricht deutsch. Er ist sogar in Deutschland geboren. Die schwarzäugige Susanne ist bestimmt nicht in Deutschland geboren. Sonst würde sie auch deutsch sprechen.

„Warum bleiben die Türken nicht in der Türkei?", frage ich meinen Vater.

„Dafür gibt es wohl verschiedene Gründe", antwortet er.

„Sag doch einen Grund!"

„Tjaa", meint Papa. „Vielleicht haben sie dort keine Arbeit bekommen. Oder sie sind politisch verfolgt worden. Oder sie haben hier schon Familienmitglieder und wollen mit ihnen zusammenleben."

„Warum haben sie hier Familienmitglieder?", frage ich.

„Musst du das alles jetzt wissen?", fragt mein Vater. „Musst du nicht allmählich ins Bett? Außerdem ist es schwierig, Kindern solche Dinge wie politische Verfolgung und Familienanschluss zu erklären!"

Ich gehe ganz langsam nach oben. Dann laufe ich zurück, drücke Papa und sage ihm Gute Nacht.

„Ich kann dir das ja morgen erklären", sagt er. Ich nicke.

„Ist heute wieder Krokodiltag oder möchtest du etwas lesen?", fragt Mama.

„Heute ist ein Krokodiltag", sage ich. „Papa könnte mir ruhig mal erklären, warum hier Türken leben, wenn es doch auch eine Türkei gibt! Oder kann er das nicht?"

Meine Mutter lächelt und erzählt von dem kleinen Krokodil.

Eines Tages gefiel es dem kleinen Krokodil nicht mehr an dem Ufer, wo es lebte. Es hatte auch Angst. Weil es dort nicht mehr genug zu fressen gab, kämpften die Krokodile untereinander um die besten Fressplätze. Sie griffen sich heftig an und die Schwächeren unter ihnen hatten schwere Verletzungen.

Ich werde auswandern, dachte das kleine Krokodil. Es verabschiedete sich von seiner Mutter und von seinem Vater und schwamm dann den Fluss aufwärts.

An einigen Stellen des Ufers waren die Bäume höher, sah das Gras etwas saftiger aus, blühten die Blumen in prachtvolleren Farben als an seinem Heimatufer. Aber Krokodile sind ja keine Pflanzenfresser. Also schwamm das kleine Krokodil weiter. Als seine Kräfte nachließen, kroch es aufs Land und legte sich zum Schlafen. Am nächsten Morgen bei den ersten Sonnenstrahlen wachte es auf und setzte seine Reise fort. Oft hatte es Sehnsucht nach seinen Eltern. Es hatte Sehnsucht nach dem kleinen Schmetterlingsfisch. Aber es schwamm weiter.

Endlich entdeckte es eine Stelle am Ufer, wo noch nicht so viele Krokodile lagen. Hier bleibe ich, dachte das kleine Krokodil und stieg aus dem Wasser. Die anderen Krokodile begrüßten es nicht. Sie hießen es nicht willkommen. Traurig zog sich das kleine Krokodil hinter einen Busch zurück. Es fühlte sich einsam und es hatte Hunger. Erst nach langer Zeit wagte sich das kleine Krokodil ins Wasser. Fast heimlich, als würde es klauen, schnappte es sich einen Fisch. Dann kehrte es wieder in sein Versteck zurück. Sie werden mich noch mögen, wenn sie mich kennen lernen, dachte es. Und mit diesem tröstlichen Gedanken schlief es ein."

„Und dann hat es sich wahrscheinlich eine kleine Krokodilfrau genommen und die Frau und das kleine Krokodil haben Kinder bekommen und dann war es nicht mehr so einsam", sage ich, weil meine Mutter nicht weitererzählt.

„So wird es gewesen sein", sagt sie.

„Die Leute von nebenan hatten schon Kinder, als sie kamen", sage ich. „Die Kinder sind nicht erst hier geboren! Aber vielleicht bekommen sie hier auch noch welche. Bekommen Menschen, die schwarze Augen haben, mehr Kinder als solche, die blaue Augen haben?"

„Das hat doch mit der Augenfarbe nichts zu tun!", sagt Mama und lacht.

„Bist du sicher?", frage ich.

„Ganz sicher", sagt sie.

Nachdem wir uns Gute Nacht gewünscht haben, wünsche ich mir noch eine Schwester oder einen Bruder. Eine Schwester wünsche ich mir oft nachts. Aber falls ich keine Schwester bekomme, wäre mir eine Freundin auch sehr lieb. Sie könnte auch bei mir schlafen. Es wäre so schön, mit ihr im Dunkeln zu flüstern und Geheimnisse zu erzählen.

DAS FEST NEBENAN

An einem Sommerabend sind nebenan viele Menschen. Sie essen und trinken und lachen.

„Da wird wohl gefeiert", sagt mein Vater mürrisch. Er hat seinen mürrischen Tag. Vielleicht hat er nicht genug Schuhe verkauft und der Besitzer des Geschäfts hat mit ihm geschimpft. An solchen Tagen schimpft mein Vater zu Hause auch. Erst schimpft er auf den Chef und dann schimpft er auf die Kunden, die nicht wissen, was für Schuhe sie brauchen. Und dann liest er Zeitung und schimpft über die Dinge, die in der Zeitung stehen. Er muss jeden Tag Zeitung lesen, damit er weiß, was auf der Welt geschieht. Auch wenn es ihm überhaupt nicht gefällt, was auf der Welt geschieht.

Ich stehe am Zaun und sehe zu, wie die Menschen von nebenan feiern. Die schwarzäugige Susanne winkt mir zu. Sie winkt mich zu sich.

„Darf ich?", frage ich meinen Vater.

„Sie wollen bestimmt unter sich sein. Und du kannst ja doch nichts verstehen", meint Papa.

„Das Lachen kann ich verstehen!"

Ich gehe zu der Stelle, wo der Zaun ein Loch hat, und steige rüber.

Die Mutter der schwarzäugigen Susanne hat ein schwarzes Kleid an und ein weißes Kopftuch um. Ihr Vater hat einen Anzug an. Der große Bruder trägt Jeans und T-Shirt und der kleine Bruder auch. Sie haben alle ganz dunkle Augen und fast schwarze Haare.

Die Mutter gibt mir ein Stück Brot und ein Stück Fleisch und etwas Salat auf einen Teller. Ich esse alles auf und höre zu, wie sie reden und miteinander lachen. Die schwarzäugige Susanne lacht nicht. Sie lächelt nur. Manchmal lächelt sie mich an. Und ich lächle zurück. Immer wenn einer von den Menschen mit den dunklen Augen mich ansieht, lächle ich. So wissen sie, dass ich fröhlich bin, auch wenn ich nichts sage.

Als die Teller alle leer gegessen sind, stapelt der große Bruder sie zu einem Turm zusammen. Er hält den Tellerstapel mit drei Fingern hoch über den Kopf.

Die Gäste klatschen in die Hände. Der Bruder versucht mit dem Tellerstapel zu laufen. Die Teller fallen herunter und er bekommt eine Ohrfeige von seinem Vater. Die Mutter schimpft erst mit dem Vater, dann mit dem Sohn. Die anderen lachen und klatschen noch einmal in die Hände.

Die schwarzäugige Susanne zuckt mit den Schultern. Ich zucke auch mit den Schultern.

Die Mutter gießt mir Saft ein. „Danke!", sage ich. Sie nickt freundlich.

Mein Vater kommt an den Zaun und ruft: „Tanja, Bettzeit!"

Der Vater von der schwarzäugigen Susanne geht zum Zaun und sagt zu Papa: „Auch kommen!"

Papa schüttelt den Kopf.

Ich klettere über den Zaun.

Von unserer Seite rufe ich noch:

„Tschüss!"

Einige der Gäste antworten von der anderen Seite auch Tschüss.

„Die feiern ganz fröhlich", erzähle ich. „Ein paar Teller sind kaputtgegangen, aber alle haben gelacht."

„Was ist denn so komisch dabei, wenn Teller kaputtgehen?", fragt Papa.

„Ich weiß es nicht", sage ich. „Aber es war lustig. Lustigkeit kann man nicht erklären. Du hättest dabei sein sollen. Dann hättest du auch gelacht."

„Glaube kaum", antwortet mein Vater.

Mama ist nicht zu Hause. Sie hat ihren Englischkursus. Papa bringt mich ins Bett.

„Willst du selbst lesen oder soll ich dir eine Geschichte vorlesen?", fragt er.

„Kannst du dir eine ausdenken?", frage ich.

„Das könnte schwirig werden", sagt mein Vater und kratzt verlegen seinen Kopf, als würden ihm so Geschichten einfallen. Aber ihm fällt keine ein.

„Dann lassen wir es", sage ich. „Ich liege hier einfach und höre noch ein bisschen zu."

„Also soll ich dir eine Geschichte vorlesen?"

„Nein, ich höre einfach zu, was die draußen nebenan sprechen."

„Du hörst zu, auch wenn du nichts verstehen kannst?"

„Ich höre ja auch nur zu, ob sie fröhlich sind."

„Hoffentlich sind sie nicht die ganze Nacht fröhlich, sonst schläfst du morgen in der Schule ein", sagt Papa.

„Und du bei der Arbeit!", sage ich und kichere. Papa grinst. Er gibt mir einen Kuss auf die Stirn. „Dann viel Spaß beim Horchen, du neugieriges kleines Mädchen!"

„Ich bin doch schon sieben Jahre alt!", rufe ich ihm nach.

An meinem nächsten Geburtstag, wenn ich acht werde, will ich auch ein Geburtstagsfest feiern. Mit vielen Kindern und ganz billigen Tellern, die runterfallen dürfen. Zu meinem nächsten Geburtstag lade ich die schwarzäugige Susanne und ihren kleinen Bruder ein. Vielleicht will der große Bruder auch kommen? Und wenn meine Eltern die Nachbarn erst kennen gelernt haben, laden sie die Eltern von der schwarzäugigen Susanne auch zu uns ein. Bis dahin haben sie bestimmt schon Deutsch gelernt. Wenn sie ein wenig sprechen können, kann mein Vater sie auch verstehen. Denn er redet nicht gerne mit Menschen, die er nicht versteht. Manchmal redet er nicht einmal gerne mit den Menschen, die dieselbe Sprache sprechen wie er. Aber mit meinem Vater ist es so, dass er schnell seine Meinung ändern kann. Es kommt immer auf seine Stimmung an. An meinem achten Geburtstag ist mein Vater aber bestimmt gut gelaunt. An meinem Geburtstag ist er immer gut gelaunt. Auch dann, wenn er nicht so einen guten Tag im Geschäft gehabt hat.

Ich freue mich schon auf den Geburtstag. Dann lacht mein Vater auch über die Teller, die herunterfallen. Denn ein paar Teller sind überhaupt nicht wichtig. Viel wichtiger ist es zusammen zu lachen.

EINE BLAUE BLUME

Eines Tages wird der große Bruder von der schwarzäugigen Susanne von zwei anderen Jungen zusammengeschlagen. Seine Nase blutet und seine Jacke ist kaputt, als er nach Hause kommt.

Die Frau Neumann von gegenüber hat gesehen, wie er verprügelt wurde, aber sie hat nicht gewagt sich einzumischen, weil die anderen Jungen schon fast erwachsen waren, erzählt sie meiner Mutter vor unserem Haus.

Frau Neumann und meine Mutter wundern sich, dass die Welt so grausam geworden ist. Und dann kommen einige andere Nachbarn dazu.

Alle schütteln sie den Kopf und wundern sich. Aber die Mutter oder der Vater von der schwarzäugigen Susanne kommen nicht dazu.

Am Abend erzählt meine Mutter meinem Vater, was geschehen ist, und mein Vater schimpft. „Solche Schweinerei!", ruft er. „Warum können die Leute ihre Kinder nicht dazu erziehen, andere Menschen in Ruhe zu lassen! Ist doch egal, wo und warum sie herkommen. Nun sind sie hier und damit basta! Man kann sie doch in Ruhe lassen! Kinder zusammenzuschlagen! In was für einer Welt leben wir?"

Und dann wütet er noch ein wenig darüber, dass sie den Bruder von der schwarzäugigen Susanne zusammengeschlagen haben, und dann schimpft er wieder über seine Kunden, die nicht wissen, was für Schuhe sie haben wollen.

Susanne spielt nicht mehr auf dem Rasen vor den Häusern. Sie übt auch nicht mehr Seilspringen auf dem Bürgersteig.

„Man sieht die Leute von nebenan kaum noch", sagt Mama.

„Viel hat man von ihnen bisher auch nicht gesehen", sagt Papa.

Mama geht in den Garten.

„Komm mal!", ruft sie Papa zu. „Die blaue Klematis von nebenan blüht auch auf unserer Seite. Sieht sie nicht wunderschön aus neben den Blüten der Schwarzäugigen Susanne?"

„Hmm", macht Papa und liest weiter in der Zeitung über Unruhen und Kriege.

Als ich den großen Bruder von Susanne auf der Straße treffe, sieht er mich wütend an. Ich weiß nicht, warum er auf mich wütend ist. Ich habe ihn ja nicht verprügelt. Aber ich lasse mich nicht wütend angucken! Ich blicke genauso wütend zurück.

Mein Vater bindet die Pflanze, die Schwarzäugige Susanne heißt, oben am Zaun fest, damit sie nicht auf dem Boden kriecht. Er schimpft.

Nächstes Jahr kommt mir nicht so eine rankende Pflanze in den Garten. Sie macht einfach zu viel Arbeit."

„Du musst dich nicht um die Blume kümmern", sagt meine Mutter, „das kann ich ja machen!"

„Dies ist ja schließlich auch mein Garten", sagt Papa. „Ich will hier auch etwas tun!"

Meine Mutter zuckt die Schultern.

Papa liest Zeitung und schimpft.

„So geht es auch nicht!", sagt er und springt von seinem Sessel hoch. „Gewalt! Auf welche Seite man auch guckt, nichts als Schlägereien, Brandstiftungen und Terror. Man kann doch freundlich zu den Menschen sein, auch wenn man nichts mit ihnen zu tun hat!"

Ich überlege, wie das wohl geht. Wie kann man zu jemandem freundlich sein, wenn man ihn nicht anguckt, ihn nicht anlächelt oder mit ihm redet. Oder ihm wenigstens ein paar Sticker schenkt.

„Schimpfen hilft auf jeden Fall nicht", sagt Mama. „Und Zeitunglesen auch nicht. Wenn du sie nur liest, um dich aufregen zu können."

Ich gehe in mein Zimmer, weil das Gespräch sich sehr nach einem beginnenden Streit anhört. Und wenn sich meine Eltern streiten, will ich nicht zuhören.

Ich lege mich aufs Bett und denke mir selber eine Krokodilgeschichte aus. In meiner Geschichte findet das kleine Krokodil einen Freund. Gerade als ihm ganz große Krokodilstränen aus den Augen laufen und es denkt, dass niemand es mag, kommt ein anderes Krokodil vorbeigeschwommen. Erst ist das kleine Krokodil misstrauisch und guckt dem anderen Krokodil gar nicht in die Augen. Aber das andere Krokodil fragt freundlich: „Wollen wir Freunde werden und ein bisschen zusammen schwimmen?"

Das kleine Krokodil wischt sich die Tränen mit einem Palmblatt ab und antwortet: „Gerne! Wenn du es ernst meinst?"

Das andere Krokodil antwortet: „Ich meine es ganz ernst."

Sie schwimmen zusammen den Fluss aufwärts und abwärts und die Fische haben keine Angst vor ihnen, weil sie gar nicht hungrig aussehen. Nach einer Weile ist das kleine Krokodil ganz fröhlich und lacht sogar.

Als meine Eltern sich ausgestritten haben, ruft mich meine Mutter zum Essen.

„Wie heißen die Leute von nebenan eigentlich?", fragt mich Papa.

„Ich weiß es nicht", sage ich. „Es ist bestimmt ein schwieriger Name. Mama weiß es auch nicht. Sie hat ja nie gefragt."

Meine Mutter sieht mich an, dann geht sie zum Flur und durch die Haustür raus.

Mein Vater sieht mich an und ich sehe ihn an. Dann starren wir die Haustür an.

Nach einer Weile kommt Mama zurück.

„So!", sagt sie. „Ich habe unsere Nachbarn zum Kaffee eingeladen."

Mama sieht Papa ganz fest in die Augen. Papa sieht ihr genauso fest in die Augen. Und einen Augenblick sehen die Augen meiner Eltern etwas dunkler aus, nicht ganz so blau wie sonst.

Dann sagt mein Vater: „Ich glaube, ich backe eine Erdbeertorte. Meine Erdbeertorte hat unseren Gästen immer gut geschmeckt."

Ich schreibe an die schwarzäugige Susanne einen Einladungsbrief. Ihren richtigen Namen weiß ich ja immer noch nicht. Da wo sonst der Name steht, am Anfang eines Briefes, male ich eine orangefarbene Blume mit einem dunklen Blütenkelch und unter den Brief male ich eine Blüte von der blauen Klematis. Sie gelingt mir nicht so gut. Aber man kann erkennen, dass es auch eine Blume ist.

Und wenn die Nachbarn zu uns kommen, werde ich die schwarzäugige Susanne bitten, mir ihren richtigen Namen aufzuschreiben. Damit ich ihn aussprechen und behalten lerne.